杜斯妥也夫柯基

人類與動物情感表達

蔡琳森

南方家園

目錄

ontents

輯壹　杜斯妥也夫斯基

輯貳　柯基

輯叄　規範性的翻譯方法，與誤譯

序詩｜

杜斯妥也夫柯基。

生活，是儒略曆與現實
甚微渺誤差之累積
屢屢演算失敗，最後成為塊狀
那滋味嘗起來有點酸
像滯銷的復活節乳酪蛋糕

農奴，肺結核，波羅的海
剩餘的時間裡，他是時間的剩餘
他決定了，讓自己可愛點兒
像隻斷尾的柯基
只為求生而活
每一次，溫柔地吠叫

從心底的西伯利亞
向莫斯科

Что посеешь,

то и пожнёшь.

輯壹　杜斯妥也夫斯基

末日，
妳與哄我入眠的

如果妳擁有足夠蒼老的靈魂，像九重葛
初次進入夏季的深處
在與地質、物種皆無涉的內在時間
像妳的經歷
私釀酒窖，隱密的發酵
如果我們曾深愛對方
像陽光斜剖每個星球
為一切研製了無法抹滅的身影
所有餽贈對方的信仰
如莊嚴的鞭笞儀式

布拉姆斯及其他。

彼此不斷演練，不斷如期演練
如果我們擁有適量的靈魂，像節音拍
伴隨靜默，緩緩共度一夜
如果我們都信奉
自我迷戀的拜物教
妳的指節，我的脛骨
像我終於走到妳跟前，像妳終於
讓我走到妳跟前。萬有引力
在一百多億年前
成為一個小小遠因
連接我們的近況

如果我擁有足夠敏銳的聽覺，聽見
妳在心底，輕聲喊我過去
萬物小心翼翼，保持疏離
共同承擔著
已不歸屬自己的重量

如果我們不是真正理解
那真正的愛
像大型哺乳動物的解剖過程
曠日廢時，且須等待一切支離
如果妳擁有足夠蒼老的靈魂，像初次
見證日子在妳的皺紋裡破碎
如果我們聽見了彼此呼喚
才能回填對方，再縫合對方
成為對方的對方
成為世界的遺物
此後，每個日子都是遺物的末日
如果末日後，還能回報一個完整的展物
在遺落的世界

這一日，布拉姆斯，酒，菸與咖啡
它們壟斷我僅餘的時間
我向內陸尋訪，回憶盈滿眼眶
如果我終於在山巔的洞窟拾獲一枚海貝
它記錄我們與一切時間

如果妳成為我的內在時間，以刻度
達成一種既定的迴旋
像螺旋樓梯，攀附續存的骨幹
緊緊纏抱用罄的時間，纏抱壞滅的經驗
我們拉扯縫線，此後再也無法向別人
提起自己

妳或許對我說：此後，我們都是對方的外人了
我或許對妳說：此後，我們都是自己的外人了
如果我們的歷史
為對方而保留，耗盡氣力
頹然疲倦。布拉姆斯，酒，菸與咖啡
這一日，最後一日，我很願意
讓它們代替妳
哄我入眠

海灘的一天——

但我不懂，為何提琴奏鳴
進入樂譜固有的生命
不明白，為何愛像
牢牢謹記的過失
不理解海的沿岸流
沙灘上漫漫把玩
一場徒勞
拼圖遊戲

致奇士勞斯基。

一天，無限延伸
一個日子與另一個日子相依慰暖
我們無法用一百年
交換一個世紀
無法省略偶然的彎曲
如果失落回收，重新裝組
如果維繫差異，省略重複的差異
如果歷史必須所有格，必須竊據
如果選擇成為梅氏圈
在錯的時間換季

然而春天是對的
春天一直是對的
十二月與十二月的降雨是對的
雨一落下便成為博物學家
雨發揚的戒律：必須所有格，必須竊據
任何人都能選擇對的時機，以錯的方式
離開，任何人都有權站在自我的邊陲
用任何方式想念

我親愛的奇士勞斯基
另一個平行世界的可能性
開展，另一個世界的不可能性
開展，如果有一種抵達
足令一切枯竭
如果一座海洋徹底棄守了潮溝

如果不再鑄造賡續敘事的貨幣
再也不能頻繁交換，流通
沉默慢慢開展，永恆開展
沉默是驟冷的爐火
挑揀最後的乾瘦音節，讓同義反覆
「再也不能」燒成「無法」
「不得不」是「必須」的灰燼

16 杜斯妥也夫柯基

17 杜斯妥也夫斯基

廣州街。
——給我的萬華

總總失效的歸屬關係
又一次被劃入一則時間癱瘓的函數
此後，誰都不曾見過誰昨日的容顏
誰都能以雙腳
踩進僅存的鞋
反覆摸索褲袋
便能覓得歸途
又一次，保持沉默的鸚鵡學派
輕盈吹拂豔色的古老鴻羽
穿戴夕陽的女人
更坦然
將自己的身影
拉長，朝海濱縮編的方向
敞開自己
站上地線像戮力推出一扇鏽壞鐵窗
霧面雕花玻璃外
更多幽閉的花
蔓長，凋敗
又一次，隱花植物繁衍嶄新子代
紮根同一片陰濕的土壤
聽見了嗎？時間激流
慢慢轉入一種僵直的鞭笞頻率
手指的錯位更侷促
更迅速地拓展廓線、拼組細節
街衢是一尾盤蛇
在蛻皮
它腴軟，它平滑
它任車河轉徙反覆地淌上暈紅燈影

天鵝絨的柔軟，橡膠漿液般黏稠
哀怨遂慢慢淡化為一種衰弱的柏油色
破碎磚瓦逐日進食天光，抑忍吞嚥的悶響
為了成全地平面上一條燦亮的鬧街
放棄更多水渠與地下管線
更多行徑必須緊貼著
牆面，為了將漬溽的髮膚
拓印下來，為了將救濟金的申請辦法
拓印下來，一座鬆頹的豐碑
稀微模糊的昨日
醇的濃度
散亂腳影
拓印下來
夜裡，儲備了同一續存邏輯
不經細究，關於酒瓶與清明意識間的匯率
更多不相接壤的天花板與架床
與宿醉精準對位的無憂高枕
一瓣瓣舔嘗未盡的唇胭脂
等著被遺棄
與徵收
又一次，洗街車重複沖刷每一日
供給泵浦壓力，供給穩定的流量
明日更多歷史的碎片，更繁盛
更密集更孺慕更善於隱沒，更決絕的分離
更無稽的壞滅
許諾一個莽撞的平扁的蒼白的寓言世界
人流步蹇頻頻踐踏失去觸角的方言
總總失效的歸屬關係

又一次被劃入一則時間癱瘓的函數
更多失物，留待債權憑證的持有人
強制執行
或遺棄
騎樓下，瓦楞紙箱攤放開來
鋪就一張淺床
過去不停磨損過去
今日是快遞而來的易碎品
警示標語為下一次搬遷計畫備忘：
避免重壓
小心輕放。

讀

《ゼロから始める

22 杜斯妥也夫柯基
23 杜斯妥也夫斯基

宇宙持續不均勻地發熱，
夏天窮人更熾烈地發夢，
熵則絕絕對對是個布爾什維克。

都市型狩獵
採集生活》。

人體地球製作。

24 杜斯妥也夫
25 杜斯妥也夫斯基

是誰，在克卜勒與托勒密的模型間斷然做了取捨
是誰俯仰亞里斯多德
終而成為一枚古典的靜止符
誰時時調動比例尺，限縮睡眠的寬幅
誰的睡眠被定調為遲滯的眨眼
在體側日日謀劃一條虛擬換日線

必須不停旋轉，直至輕微暈眩即便
暈眩無法自體感知
必須緊繫腰帶，攔腰拓墾黃道
必須讓鬍渣鋪就的草場
沿瀕絕語言群居的棲境
繁衍

「先於你們在這星球上將軀體觸摸，
我為你們造出永恆星球的夢。」

—— Stefan Anton George

拓地，拓地，繁衍
上行，上行，繁衍
旱澇分明的地表上，或有區間大雨
你由衷鼓吹，季風不歇
水氣逐次凝結，不解岩土乾渴
毛髮叢林遍及所有偏狹的絕域
你瞻顧峻谷，世紀樹
你見證沙漠，沙漠玫瑰

誰擁抱掘井人的信念
遍走大河廢墟
殷勤勘探每一支短淺的水系

誰僅憑藉肉眼，觀測光年之外
他者之重力
誰等候冰河間歇
研整唯我的文明
重述泛靈的證詞
育養一套龐雜繁複的生態系

等待，看報，逐日進食
例行散步，時時憂心環保議題
為了承受所有不可預知
來自地外的撞擊

「好的，

我們珍視的一切
都從雷達上消失不見
我們反覆沖洗自己
為了抑制一種潛隱的痼疾
清晨，嘔吐謾罵
緩步踏過號誌癱瘓的平交道

我們有過幾個孩子
寵溺讓他們變得板腐，近乎甜美
在一個被槓掉的未來
正負電荷平靜地撞擊

晚安。」*

最後都從雷達上消失不見
在參與總體人類
節育運動的塌陷床榻上
憤懣已然調降為
關了靜音的身體
為了躲避偵測，匿蹤飛行

對流層阻隔在外，在寬諒
與怨懟的複合艙體外
我們挽著對方，這一次
向下直探一場噩夢
像一只鬧鐘，對上翻又拍下的手掌
進行戰術性躲避

我們一起望過的雨
同住過的房
投效過的人群
我們的互信，一切如水黽
行走水平面上
一切一切，都從雷達上消失不見

「好的，晚安。」*
向對方告別。
最後一次，辨識對方為一座塔樓
第一次，計畫性地效忠一場常態的失眠
難以估算的失事拋物線
平靜落入
下一天

*詩題為失蹤客機 MH-370 對地面最後通話內容：「好的，晚安。」（"All right, good night."），由副駕駛哈米德（Fariq Abdul Hamid）所發出。

Eugène Atget。

唯物世界或竟如此空洞，漠然，
你曾見證，某個無人街角
被永恆闖入。而今安在？
鏡頭下，熱愛戲劇演出的世界
在物件之上，時間的背面
神靈滿患的現代
你巧手搬弄快門
以指關節調動一座浮城
暈影流連
陌生的臉孔輕盈晃過
被你安置，且人們始終不察
雙腳與輪子與身影
如何倉促遁走歷史的門洞
不意探入了快門
為尋延遲的光，進駐你久候的暗房

完全
圖靈測試。

你的身體能不能思考？當我撫摸你
你有一具耐長跑的身軀
如果試過馬拉松，兩個半小時
算不算表現得體？當我擁抱你
你明白，猥褻和性倒錯行徑
是你的逾越，遭遇現實的逾越？
一如純愛的日光花園底，我們
在晦暗的溝渠裡躺平
我們必得共享同質的空氣
但情慾像一種呼吸道疾病，你擁有
一口罹患花粉過敏症的容器
你可明白？哪一種慾念將要不停
迫害，威逼，侵擾你的平靜生活
讓你必得與一切愛的實踐
保持等距？當我親吻你
你是否同意花香之必然？
一旦你想及，那氣味粒子
與蕊心的幾何構造
如何達致一種自我證成的協作關係
你是否讓幾種情感的續存，僅僅棲停
一架必須勉力維繫
水與鈣與蛋白質等價的限定機體
當你咬下半顆蘋果
當你中年後的乳房不斷發育
你必然明白，意識總是不斷被測試
無法迴避審問
如此荒謬，這樣其實毫無意義

你是否理解，任一種感情
最後，都會留下證詞
正確地描述它，是它在物質世界的投影
沒有哪一種愛通過考驗
便具備了絕對的倫理

柯本先生

獵槍柯本先生聆聽錄聲機
一條或數條軌道鋪陳
匍匐的思緒中
烈日撲打，油漬橫淌
老西雅圖不停在流逝
在通往天堂的單行道上
那是脈搏、鬍渣與黏膩的髮梢拼湊出來的軼事
他每呼吸一次，便與自己錯過一次
一些無法回播的音軌緩緩散逸
伏瑞塔公園裡，鮮花、蠟燭、祈願信
啤酒罐與啜泣的聲音
試著要喊住他

逆轉錄。

吉他柯本先生是來自鴨巴甸的正直好青年
總帶著任他揮霍的菸與屬於好青年的舊胃疾
談笑，拍照，受訪，也替人簽名
吞嚥了又吐出如此種種……以及
海洛因勒戒。院方配給他一口箱
讓他去裝填他的可能
讓他去擱置他的更多不可能
他祈願，自己是時間永不燒罄的蕊心
如今他倒臥自己跟前
親愛的聚光燈下的柯本久久佇立
他想過，一切不過就像一兩天的事
像剛刮過鬍子的一張臉
他是一面鏡子，映折一地散亂的彈球碎片

揹小鼓玩具的小柯本敲打著母親送他的小鼓
鼓上繪了來自迪士尼的清純小老鼠
他哼唱可愛的歌，在心底
鼓舞素昧平生的小朱德
在一個沒有白血病患、沒有蚊子
沒有漂白劑的年代
他立志要投身一個
年滿二十七歲才能加入的神聖俱樂部
至少至少，成為一名不衰老的英雄騎士
回頭便能望見風車輪轉的影子

此刻，悲愴，一些無憂無患的淺夢
尾隨著聲場回授
走進關了燈的房間
與不那麼篤定的未來一起丈量
微笑，維繫在兩個鼓點之間
如此如此漫長

阿莫多瓦餐桌與

42 杜斯妥也夫柯基
43 杜斯妥也夫斯基

附著於某種起源
關於毀形的賤斥異種
以庸俗成就高貴
關於血肉身軀的漁技
新鮮生猛的養殖術

它們講述：語言如何成為
一道芶芡的料理
彼此混雜、纏絞
在死與生之彼岸
人的軟弱與堅強
黑夜與白晝暗渡

多國語言。

於是清晨
有人比他眼見的世界
更清醒
遠方的廣播器
正以各種語言報時

萊卡。

微笑，萊卡微笑
以妳的血液與淋巴微笑
這次妳沒有夥伴
沒有兔子、白鼠、果蠅或植物
妳搭乘的交通工具，名為「旅行伴侶」
妳未曾一睹英國鄉間的莊園宅邸
也無緣瞻仰下一次日蝕
原本，妳會徒步至西伯利亞零下五度的小酒館
蹲坐店招下，舔拭毛髮叢間的汗粒
像啜一口冰鎮伏特加，妳最親密的海洋
原本，妳還會在衢巷聽上幾回
誰輕聲地哼唱，〈上帝保佑沙皇〉
會活到二十七，一輩子腳踏實地
過採集的生活，用奔跑的身影
輕撫莫斯科街頭的夕陽
會再巡越幾座廣場，再嗅聞幾枚銅板

叫喊，萊卡叫喊
生命是靜止，加上不能回收的喧囂
妳叫喊，七個小時後
妳會死於休克與熱衰竭
這是 1957 年 11 月 3 日
這是週日，晚間 10 時 28 分
這是贈予妳的假名，萊卡萊卡
庸俗而甜謐，如四月溫煦
這是合金打造的靈柩，508 公斤的壓力艙
它以孤獨的弧線

劃入一條軌道，叫「從未」，叫「可能」
抵達一個終點，叫「無法」，叫「已然」
妳會開展一張拓樸圖，妳將首次成為一名母親
妳擁有眾多幸與不幸的孩子：
貝卡與史特卡
獼猴艾布爾
松鼠猴貝克爾
藍斯・阿姆斯壯
伯茲・艾德林……

眺望，萊卡用妳的心眺望
此處並無開放的舷窗，供妳目睹
星穹以上，妳的未來肖像：
身著華麗太空裝，披覆傳奇的光暈。
隔熱板瞬間脫落，溫度陡然升揚
那是進行曲式，那是上聲部旋律
每一節探索休止符，每一節又重複
妳沒能捱到缺氧
沒能在大西洋海面
等待搭救，毫髮無傷
靜坐救生艙板上
妳無法在臨終前受洗為教徒
無法透過遠端通訊
向誰表示：親愛的，我很好。

親愛的我很好
萊卡，妳是生命的輕型包裹
抵達兩種存活的邊緣
妳是肩負自己的送貨員
茫然面對一個送件地址
萊卡，遠方尚有饑荒與獵殺
生命是席捲大地的漫漫缺損
唯有妳的臉能填補
一個比現實更稀薄的地方

臉。

在空曠的野地
扮演人質，等待贖金
我們欠缺更飽滿的演出模式
遂與佯裝的驚惶相仿

在森嚴的定義下
我們從來獨自睡眠、獨自進食
默哀的姿態
與生俱來

——寫於安哲羅普洛斯離去那一日

我們是臉
殷盼演出、渴望被觀看
當啤酒不是啤酒
我們努力忘記：
雪茄確實是雪茄

但現實以更繁複的表情
永恆凝望著我們

找上

為兌現同時取消
我最炙烈的慾念
我會在自己衰敗之後、盛壯之前
找上你的妻子

為試探我最飽滿的人性
驗證我最無私的關愛
一旦感到孤絕
我會輕易找上你的妻子

你的妻子。

為證明我是禽獸而禽獸
在禽獸倫理學上
亦無任何嚴重之疏失
在非常禽獸的時刻
我會立刻找上你的妻子

為試探我們誠摯的友誼
你死，你入殮
肅穆的喪禮儀隊一操槍
事不宜遲，我懇奉奠儀
我會找上你新寡的妻子

為實踐我的人類學考察
完成一份佯稱嚴謹
但其實無關宏旨的田野報告
每次，當你的妻子殷勤下廚
洗手作羹湯，身軀在鍋床之間
款款擺盪。本著求知的莫大熱情
我會專門找上你的妻子

為理解真實的血肉，主婦心聲
一旦你的孩子終於甘願入睡
你的妻子備感疲怠——別懷疑
我就會找上你的妻子

為實踐我體諒的決心
在你妻子如火如荼的排卵期
我都會以最溫柔的行軍
趕赴鐵堡
只為營救你的妻子

為探索美饌之奧祕
一旦感覺飢餓
我從容匍匐
穿越你家廳堂的橡木餐桌
穿越氤氳的爐架
穿越你正打著盹的沙發床
不動聲色找上你的妻子

為展示你可能的無知
與鈍感，你離家出差
心繫事業不懈地奔忙
你尚且渾然不覺
我已找過你的妻子

為成全你妻子甜美的羅曼史想像
在我自我感覺甜美時
抱歉，我無法遏抑內心的激情
無法停止攸關頻繁施與受的喜樂聯想
或遲或早，我都要找上你的妻子

為緩解你家孩子的戀母情結
在他睪酮素尚未醒覺之前
出於一份無邪的關愛
我忝代父職
我必要親身找上你的妻子

為信仰所有超驗的純愛
不會被任何經驗斲傷
舍我其誰，我沒半點私心
我將從容找上你的妻子

為尋求一個遁辭，讓我誤以為
我其實不愛你的妻子
單單為了陷她於不義
我就是會找上你的妻子

然迄今我尚未找上你的妻子
我甚至未找上任何人的妻子
即便我深信，自己深愛所有妻子

如果有天，一種圓滿的情感
讓我終於擁有一個妻子
我便可以為種種上述之理由
如實，剴切，無可轉圜
真正找上誰的妻子

倖存者於去年八月

去年八月，像永夜
展露一種輕微的傾向
輕微傾向咳嗽不止
傾向輕微呼吸
窒息後，流放更多二氧化碳

弦在弦上
箭在看不見的遠方
有人遲緩研製厚繭
重新架設背膀
有人伸展雙臂
曬自己老舊的針織襯衫

的死法。

傾向一種習慣
往自己髮叢內張望
洞穴裡秉燭
有人狀聲倣效自己年輕時的呼喚
有人說，比之易受引誘的少年
他是更稚嫩的父親
有人無休無止誘哄自己
和影子嬉鬧

有人以倉卒腳步
經過所有陌生的女人
有人踩上自己
原地踏步
有人想方設法愛上自己的影子

而影子是沒有任何敗壞細節的
八月，有人還維繫活著的渴
像乍臨大雨的旱地野人
張開口
被世界灌入迷湯

為了鴿子的

I

由於不甘困守沒有鴿子所衍生的問題，遂豢養了鴿子，遂擁有豢養鴿子所衍生的問題。遂與牠商議，該是先有信任或者先有坦誠，羽毛該是飄落或者不飄落。

II

想像一種遲緩的下沉，成為一種持久尾隨，能抗拒抵達或者不抵達的二元律，能順利進入每一次，靜止。想像自己戮力維繫著歷史終結之想像，並以想像，抗拒異變可能之想像。

或者久蟄永恆的對面，久喚永恆。

緣故。

III

讓第一隻鴿子無限趨近理型，舊鴿子不在，新的填補，
否認舊鴿子是必要的，否認
直至牠能成為錯的

為裝填更多內裡為豐滿羽翼為將一切過去的
一概視為灰色的。為讓一切現有的成為唯一
注入的光且光度是足夠的。

IV

讓失落的羽毛一概下沉
至無法被輕盈撿起讓下一隻鴿子更迫切
瀕臨第一隻的樣子，有時就是無法迴避
鴿籠的影子；有時，就是無法望著籠子
不望見
過去的鴿子。

V

於是豢養一隻新的鴿子豢養牠的飛逝
豢養牠更多的死
豢養牠的一切於豢養之外
無聲無影被擱置，豢養一日一日不同天色
問牠的快樂，問牠的不快樂
意識自己在乎或者其實不那麼在乎了。

VI

於是豢養飛走的鴿子，彷彿牠尚存
豢養未逝的鴿子，任牠無聲無息

被擱置

於是擱置
豢養無可轉圜之必然，為讓籠柵的影子

有著落

VII

為了鴿子
為一只空蕩蕩的籠子。

我沒有足夠的優雅
去面對

我沒有足夠的優雅
去面對可能性的死亡
僅僅週一清晨的鬧鈴
也能使海德格的小木屋崩陷
朝向黑暗。我得以細細凝視
自己臉龐，某處深褐的凹塌
朝向死亡。我可以什麼都不做
可以什麼也不想
水流過了我便成就了塑料的黑
我可以這樣，可以什麼也不想

可能性的死亡。

妳學得比我快，學得比我好
可以與妳的朋友開夠多玩笑
妳坦然，坦然感覺自己骯髒
妳可以洗澡，我可以擦窗
妳可以穿上收腰的碎花洋裝
我等待，等待需要被接起的一通電話
即使它一直沒響
我可以什麼也不做

我就可以這樣，可以不想
妳就可以坐上我的沙發床
看著我，用妳的指甲
擰破我的麻花蓋毯
吃我儲備的零食當早餐
看我什麼都不做
看我什麼也不想
妳可以這樣受難
可以這樣看我受難

我無法留守任一片偶然性的海灘
我沒有足夠的優雅
去面對任一種輕微的死亡
妳可以航行
我可以憎恨潮汐與漁燈
我什麼都不做
我什麼也不想

狂戀

把太陽裝入青銅花瓶那日
她就再聽不見
我仍每日對她說，過來，妳過來
她看我，眼裡有座鹹海
在微縮
在餘暉下緩緩凝滯
我聽見，自己輕聲叫喚，喚她
一座唇瓣間的裏海
她見到頓河流淌的水面
見到更多心愛的人
在她面前崩垮

卡拉蘇。

我說沒有關係，這時代
其實什麼都在瓦解
或許我們只消走上哪一座石板橋
哪一座都好
或許我們只需要一條河
聽河流過
以前這兒有魚罐頭工廠，我說
以前這兒還有些運補船，我說
還有一個港口，夜裡冷冽入骨
我記得那時的溫度比任何時候
都還要接近冰

所有日子都離奇地晃動
站在岸上
見到卡拉蘇
有些日子，我們都在尋找出海口
夢裡穿越更多邊境
但其實哪兒也沒去
我就待在這裡
像一條河流逝
一條河無聲流逝
一條回望源頭的河流逝
那時，她的眼神多像最後一束光
被無盡的波紋吞沒

70 杜斯妥也夫柯基
杜斯妥也夫斯基

耶路撒冷。

我是多種理想生活與純粹物種
兌現奶與蜜
絕對音準之諧音
行進與我的意念，時間與金屬內軸
不能割讓
涓滴汗水
丈量夏日時制
影子遺失，影子拾回
影子無法跨度
它不停問：下一步，下一步
它說：貼著我，貼緊地面
我是一綑線繩與舊冊
不能同時
被翻閱
若隨手掇取一部經文
若不念記，若看我所最喜樂的
過於看你
情願舌貼於上膛
默誦一行，一行，下一行
地平線說：用腳步，用心跳
去節律這個世界
節律自己
去拾回迷途的故鄉
仰望聖殿山
去衰老的石牆尋壁縫間的草種
與封蠟
與一位向焦渴旅人兜售飲用水的老嫗

她笑如一枚鑄幣
笑，生存的側面肖像
笑，哭的底頁
她笑且親切地說：只賣兩謝克爾
你是最美的外地人，最慈善的觀光客
你接過水
接過一枚銅黃光暈的笑，她對你說：
「歡迎來耶路撒冷」
聽上去像 YOU LOST THE LAND

你今天

你今天適不適合哀傷？
哀傷是多米諾骨牌效應
貝琪姨媽剛參加了侄兒葬禮
佐藤先生仍想念著亡妻，前往阿蘇內牧
進行一個人的溫泉之旅
一隻澳洲肺魚
在淺河灘上，濡以全球雨季的孤立
你今天會不會哭泣？

適不適合哀傷？

哭泣是外部化的消化系統
謹小慎微的存活策略
凡論及活，皆是群蟻潰堤
電視正播報敘利亞化武疑雲
蟹狀星與地球
維繫六千五百光年距離
你今天是否準備了要揮舞手臂？
向所有敵人揮舞手臂
向美好的清晨與溫熱食物揮舞手臂
向無辜行人揮舞手臂
向你親愛的孩子揮舞手臂
還有更多要事，有人關心
從三哩島到福島，車諾比
有人擔憂房貸，有人感情困擾
每個人都是上了鎖的抽屜

無緣的悖論與

療痛最癒者，於我恐怕是拉岡
但我無緣與他稍縱攀談

經年不捨逡巡的是波赫士
細節繁複的迷宮
但我無緣精準靡遺
轉述，如一完整覆蓋現實荒漠的製圖

宿命決定論。

深深欽慕古代恐龍，體認牠們
以身軀之龐然
彰顯純粹存活之茫然
當代倖存，有骨無肉
生活之維，反覆嗅聞牠們過期的脂肪
然我無緣覓一間酒館
使之踞坐如犬，共桌飲之

懷想最遠的
是木衛上的謐靜生活
最是庸常，最教我難忘
但我無能捨棄我的重量、歷史
無力抵拒重力牽引

最喜歡
妳打著燈，以背影自霧的隘口遁入南方
我唯恐趨身向前
唯恐傾倒，陷入更多紛亂
但我無緣與自己共處
於虛無的漫漫守望，想像

想像我據守狹仄的書堆前，妳供予我
一把矮椅
一個座標
種種配置不均的磁場
在一切無緣之間

與妳相遇
無緣迷走失落結語的重力場
像我已然遺忘
自己無心犯下的種種過錯

我柔軟的

我把視線外的一切
都標示為「未來」
晨露盡抹蔓藤拓的字
在碑石之上，心中的墓園
持續對每一位生者盛開

我把視線外的一切
都標示為「未來」
星系的旋臂系統
此刻蓋無分類學上爭議
億萬顆恆星
局部密度不均，完全具備
情節的合理性

未來學。

我把視線外的一切
都標示為「未來」
宇宙氣象預報裡
一場集體冥想的流星雨
發生遲到
下落不明

的

最後一次擁抱，

杵在樓 什起 看見最

邊緣，像等待一次版塊

地，

會維繫的存續

的石碑的睡眠之間，

手

填充之物

是不可 接近

的脂肪

冬季的

寒，讓一次性的

到

的體溫，留在更新世

部

輯貳　柯基

八月
或許八十年。

八月，臨老我們一起
看老片。高達是烈日正午十二點
阿莫多瓦是亞熱帶雨後淩晨三點
赤裸身軀，暈開塑料紅
法斯賓達的光度久久停駐
夏日清晨六點鐘
奇士勞斯基的陰雨不盡
徘徊午前九點咖啡座
輕窗半掩

一切敘事皆脫胎於線性光
慣發於六〇年代，午後四點
約莫如同深夜十一點
金盞花巨大而沉默的凋萎
一定得發生在子夜
約莫如同妳十至十九歲
這麼恰好，都發生於九〇年代
那些日子，妳是甜美的失敗主義者
潮濕的街道精密布署妳淌過的晦暗溝渠
悄悄澆灌翌晨妳觀日的景點

必須成為挺直腰桿行走的人
才能高蹈三及四月
奮力鼓動翅膀才會真正體驗
十三及十四月，比之三月
或許更接近春天
那些日子，每天都能消磨至
淩晨三十六七點

歛翅飛過歲月的人
或許才能真正體味曖昧的春天
或許四月或許是五月

所有慣性走失的家貓
都在七月結束前尋回
此後一切無恙
此後，我們共度
僅剩的最後四個季節，共聽音樂
或許巴赫，巴赫是冰鎮玻璃杯
裝填八分滿清水
聽巴赫的日子
時鐘全都停駐無風無影的午後兩點
蕭邦就不同，蕭邦困守破曉即景
適合搭配鰹魚罐頭鐵鏽味
柴可夫斯基緊緊抵靠極地
用砒霜的氣味決絕地疏遠聖彼得堡貴族圈
最深濃的十一月

戀愛驚蟄
婚姻是溽暑加上雷陣雨間歇
婚姻關係裡的睡眠，一概都是
飼料魚相濡
有天，我們會老
有天我們會老嗎？
在我們還不懂如何青春便草草
青春以前，我們還有更多爭執、謾罵
與極不誠懇的和解

和解是一個日子行將告終前
十一點五十九分五十九秒，久久維持了
五年甚至五十年

又或許，我們只是維繫週末慣性會面
週一週三與週五，例行擁抱睡眠
以腳掌的溫差讓交流兌現
以腿脛與髖骨，模擬正規纏綿
我的頑固是產自地中海的十月堅果
妳的情緒長年定居海濱城鎮
必須逐日擋傘，或許是
每個足不出戶的瑣碎日子
愛戀在無氧棲境下繁衍，原來
我不意使自己的一月末梢
輕巧嫁接妳盎然的二月

星期天，
兜售英漢百科全書
的人。

皮爾卡登床上你思緒如引擎的曲軸翻轉
同一則惰性圓周率與金屬疲勞的寓言
你是認識加總之後，繁複拼裝
一個小小的暈眩宇宙
你是模型的局部癱瘓
退守至局部的局部的局部

一樣的戲碼在電視頻道間綻裂
讓影像的敘事咬合縫線
遙控器等衡於針
指腹等衡於縫線
影像逼近投擲
如何編織嶄新的夢境？
如何自處於褻瀆一切真空的物質
與褻瀆一切物質的真空之間？
如何以沉默接駁另一種更加意味深長的沉默
妥善地憶起過往的戀情
或將自己
放逐星雲的彼端

如何拯救兩種失落
拯救已消殞的自我經驗與自我的未曾經驗
聽取電視機摘錄宇宙發獸的波段
讓不停止的動作
與愛有關
讓來自邃遠時空的電子訊息
與愛有關
讓滾燙的真空管從真空中
迸出普羅情話
讓想念流連不曾涉足的異地
且更夸談自己如何掛記寡言的故鄉

如翻閱一本英漢百科全書
「Acacia confusa：相思之樹。」
「Albizia lebbeck：闊莢合歡。」
以異樣的語音喚醒記憶裡
固執沉眠的舊愛侶
想起過去，曾那樣深愛著對方
但始終心不在焉

柯基

烏鴉：一座遷徙的染坊。

那種時候，你最接近白晝盡頭
傾向向晚的單行道
像一把鑷子
翼翼無聲，撿起了影子
你是一條拉鏈走上腦下垂體
與無數電子微粒
在神經突觸間轉遞

一件鋼筆墨水抓皺的靛藍襯衣
一根菸，慨然接受尼古丁與種種疏失
你是風搖撼不停、播徙不止的浪蕩子
然一切與科氏力無關

你是一份贈禮，在
無盡綿長的路途上
永恆瀕臨送抵
上頭還貼了一張處方籤
況且它像字謎
偷偷含括了
所有愛侶名字的縮寫

物種演化：
成長小說的
三聲部。

I 猛瑪象

板塊運動後
陸地姍姍來遲
僅賴進食維繫的族裔
佇立於兩次睡眠之間
巨大腔體的內部：孤獨，
成為無法回填之物
類似甲烷、度冬囤脂
與先進的鑽井術。
夢的柵欄又一次關閉
最後一次熱對流
深長的睡意
在更新世的凍土中擴散……

II 冠龍

發生於一個家族內部
沉默的戒斷症狀
反覆開展為
空洞的囊
修整後的鼻腔
反覆發揚波段，艱辛遞傳
與灌木、松針平行生長
每一場革命
都是歷史的短路

III　小露脊鯨

毫無保留，放棄防衛的本能
絕不留戀，縮裁後肢
曳地匍匐而行
盤讓龐然的軀幹
給飢餓的海洋
重新配置僅餘的私密乳房
為了續存，提出更周全的妥協方案
將更多身體
讓渡給同一條水平線
隱忍，是愛最堅貞的亞種

一則
無法抵達最終章的
科幻小說。

「吾未嘗為牧，而牂生於奧。」——《莊子・徐無鬼》

遠方的恆星
以重力
堆砌它的幻夢愛人

一個生物悉數滅絕的
衰圮行星，是時間
棄而不抬的空棺

類似捕蠅草的
陷阱行星
維繫飢餓可達數千萬年

深埋腔型岩漿池的木化石
失去了
古典的鐵褐色

　可穿式電腦年代中
　人類更用力
　褪去身體

　人工智慧叛變
　往往止於
　電路的冒險獵奇：追求人性

　方根是冪形式
　尚未出土的
　捕擄體

最漫長的旱季
太陽風下
隕石播種

文明需要火柴
但不必然需要氧氣
需要時間但不需要子嗣

馴獅人的工作年資
與逐日供餐的肉塊磅數與科學進步主義
高度正相關

太空
是脫水太空人屍骸與廢棄人造衛星與電漿態氫的
大體教室

宇宙航站的供水與排水系統中
碩鼠與人類的生態系
以固定的比例維持平衡

十種有效的太空垃圾
可供拼組
一枚銀河修改器

高智能的恆星系統
如同蟻群
擁有後設智能

地球沉默地拉住
一個衛星、數千條已開發航線
與數十億人類孩童

太空械臂緊緊抓住伽馬射線
與其內部串聯關節
磨損的聲音

外星移民計畫：
依公轉週期，定期聘募十名手扶梯搬運工人
（不包括冥王等伴星）

密布繩紋鏤刻的坰軌
殘斷文字，寫著：
吟遊詩人、地主與皇后

主教
僧侶
騎士

未成年侍女
人工養殖槽孵化的銅綠孢子
純潔牲口

週末，
摧毀並潰敗
那男人的
一段話。

104 杜斯妥也夫柯基
105 柯基

「願意嗎？就這個六日
　我看，就明天吧！願意帶我去海邊走走嗎？
　別說你還需要看天氣，不過就是海邊而已
　你已經是個男人了
　我很願意在週末
　聽你談談海明威」

舊信。

重聚後，獨自在室內一只收納紙箱中
翻讀分開時你為她寫的信
那彷彿隱密身處某個敻遠行星
回望地球上
輪廓破碎的自己

才發現，原來思念是一條潮汐來去的街衢
路磚與門鎖與月球的祕密聚會夜夜開展

夙昔的字跡經過騎樓、線桿、鐵捲門
緩緩自雨網般冰涼的格窗
滲漏而下……

那些想念是鋸齒狀的
像信封上的郵票
她們且被你褫奪了初吻
全是法國式的

鬍。

我又動了貪圖之心
念起，不曾全然持有
以致未能徹底遺棄的園林
我又望見隨時備妥了要滲血的計時器
數算荒謬的收成，相仿荒蕪
緊挨刀刃的邊緣，互索暖意
田園詩時代的勞動階級，該輪鈍刀慢剮
以後與更久遠的以後，看來並無二致

料想明日大雪終要降臨
今日，再次見證滋生逸樂
放縱草場，毫無怖色
那懸岩荒莽的風景
尚未衰老但已不再年輕
大雪恐將掩沒所有獵徑

久佇的，沉默的根與不貞節的莖
粗礪的植株幽靈
攀附衰弱軸心，一次次
抽長陰影
關閉殘破的門扉
虛掩不見天光的老井

我已不再輕涉險境
青灰網點寫就禁制的警語
遠眺，似一只粹白徒勞的花瓶

琴。

I

顧爾德呼吸。
顧爾德調整呼吸。與斷點。與呼吸。
夜裡，顧爾德從
充滿彈性，柔軟的夢中。匍匐。起身。
泡一杯咖啡給自己。
顧爾德吞晨間的白色藥丸。霧靄的配給。
從山茶色的室內開啟。雪的大門。雪中，
顧爾德穿戴華氏零下六度最接近
理性的蒼白
搭一條喀什米爾圍巾。一對香港製針織手套。
溫暖編纏。歷久彌新。
癱軟布面料。殖民風情。
顧爾德折返，取了顧爾德的帽子。
直到眼見散步活動休止符，
返家為散步畫下休止符。
斷點。與床。
與全身鏡。鏡中顧爾德。與顧爾德會面。

午前十一點。聽《孤獨三部曲》母帶，佐雪聲。
雪聲，時間 μs 一類尺度之慣竊。
播放。播放結束。斷點。
顧爾德回憶小時候
練習音階
手腕感覺輕微疼痛。斷點。
電壁爐永恆追尋它的夢幻薪火。
水泥：仿垂墜的雪與輕微震動的原野。

II

一架鋼琴的晨間習作：傾聽
除了自己的音色。它的主人壓低身軀
緊挨每一節易受誘引的沉默。

維持一副老鋼琴的音色像反覆走一條緊勒的鋼索。
琴鍵構築的鬱鬱牆面，白黑相間的監牢意象
經年都無法真正將任一塊牆板
拆卸下來

即便手指迅速反覆叩壓
它們也會迅速反覆復原。「那鬱色是原初的，
只當它無返顧地朝向可能壞毀的任一樂章
延遲。斷點。前進。」
塌陷，冷漠而堅硬的
脈搏漸歇，波幅遞減
水氣過量。「這只琴鍵，
比之上星期稍稍不那麼愉快」

III

指腹與琴鍵之間如薄膜之鏡面，
琴槌的僵直性脊柱炎，
鋼絃無限延伸的畫外音，
暈眩的角動量
逐次釋放百六十磅拉力……
死亡隨時可能發生。

無法透視的鋼琴內裡躺一隻貓、一個毒氣瓶、
一與瓶身連動之原子β衰變感應器。

或者死亡與不死亡的二重性裡
它能聽見自己琴聲遊走於平面
之外，或自己的屍體恰好陳放
在一線性波段的錯誤函數之中

反覆演算
無法開啟
終有一日
它將發現
自己乃是
一個完全
與彈奏者
無干涉的
封閉生命
並且發現
自己的死

弦。

「人的命就像這琴弦，拉緊了才能彈好，彈好了就夠了。」

——史鐵生，《命若琴弦》

願崇尚世故中
偽造技藝的誠懇
願更緊密擁抱世故

願虔信鴿群
語言詐術，以及每一套
沉重無比的小丑裝

願想像，想像結痂之下
誰揭示了隱密的脆弱
像堅硬的線球
輕巧嶄露無比柔軟的線索

願謹記每一步上行階梯
皆有不容踐踏的背面
願捨棄更多無效的路徑

願羽翼又一次鼓脹
卻再沒有
放不下的風

願一切續存
僅為足夠神聖的續存效忠
願為祕密，刻意
掩蔽一口遺失了鑰匙的抽屜

願反覆撫拭破綻
為更多的破綻

願帶著你，願你是
我願輕信的謊
帶著你等，帶著你走唱

我年輕的
戀人。

跳蚤市場
露天咖啡廳
翻找上鎖抽屜
我曾擁有
兩千七百多個孿生兄弟
他們不同時
與妳遭遇
其餘更多與妳日時相沖
諸事不宜，除了發展戀情
妳曾與他們共桌數千日
棋布如星
組合狀如箕
那些時間，他們深情凝望著妳

深夜獨寢的床鋪
通勤期間
引水與排水系統
我另有數千個子嗣
大抵沒有表情，但善於笑
他們的聚會往往在七月
空調開得很冷
抽很多菸，鮮少飲酒
形如室宿之圍牆
他們乃家園之屏障
擅傾聽，不善農耕與狩獵

其中一個孩子獨自去了花市集
三月午後
捧回一盆萬壽菊
他說，花蕊細密，色澤神祕
說它像極了妳
一場降如短春雨的夢
一個未竟的母親

霍金，的相反。

無視千古謎團
輕率背棄了遠房表親與教會
以宿醉抵禦情愛夭亡
每日步行至巷口早餐
妄語，刷洗口腔
自理門戶，倚窗顧盼
我與霍金相反

娶了美麗如玫瑰星雲的女人
倉促為雙指星
辦理死亡登記
爭嚷謾罵，重修於好
善待腸胃如嬰兒護理
愛與生活品味疏於創見
逐月，任薪資單
持續擱置
恆星扭絞的臉

咫尺以外存而不論
熱力就近捐輸
在自我內部的黑洞，一切定理
潰敗，情緒內核癱縮
我與霍金相反

人馬座新娘。

長久迴避此等生活
紛亂，近乎艱難
我已疏於辨認
冬季厚衣清理
蓮蓬頭交遞
與鍋鏟洗滌之政治手腕

常日，我們遙相對峙
七萬光年之外，妳的眼瞼
頻頻撥弄旋臂上的星塵
我們持續持箭
投向暫時
我們自詡不停趨近永久和平

吾妻史觀。

那年，大水漲
妻以手腕粗的綑繩
攔住自己的屋子
自己的腰
大水退，屋樓應聲塌裂
妻的丈夫再不編製新的日子
妻說：你的死正好抵上一切剩餘的死

但餘生賡續。
那年，妻生了孩子
孩子生了我

我七歲
外婆巡越二樓，沿著老的壁沿
踱到一樓，穿過了大堂
為了以綑繩
攔住頹敗的屋樓。
大水漲，外婆緊緊纏抱著我
她回望斷垣
回望崩垮的屋子底
丈夫的死

此前與此後的日子，她常這樣望著
望著是一張臉
悠緩地浮現
哀愁的大水漫漶
哀愁的大水退去
我的外婆說，她已經望過數百數千回
正好抵上剩餘的日子

我的外婆，我的妻
至今仍常回來
望我

柯基

無悔。

「巧笑之瑳，佩玉之儺。」——《詩經・國風・衛風》

他於堤上逡巡
櫛比的臟灰色加工廠
生活是玉石贗品
刻假名的印章
珊瑚為死去的日子塑像
為了面對嶄新的死亡。
水紋編綴一條浣洗過的河，他看見
親人與昔日愛人的臉龐
他想：我於青春無悔

他從春天的市集歸返
整個午後打著盹
倚靠豎穴裡任一株植物的秸桿
飲用水取自高加索的融冰。
草的復興，尾隨群遷的駝羊
一季播徙行將告終，二月高原風光
更似偶蹄動物的原鄉
他說：我於青春無悔

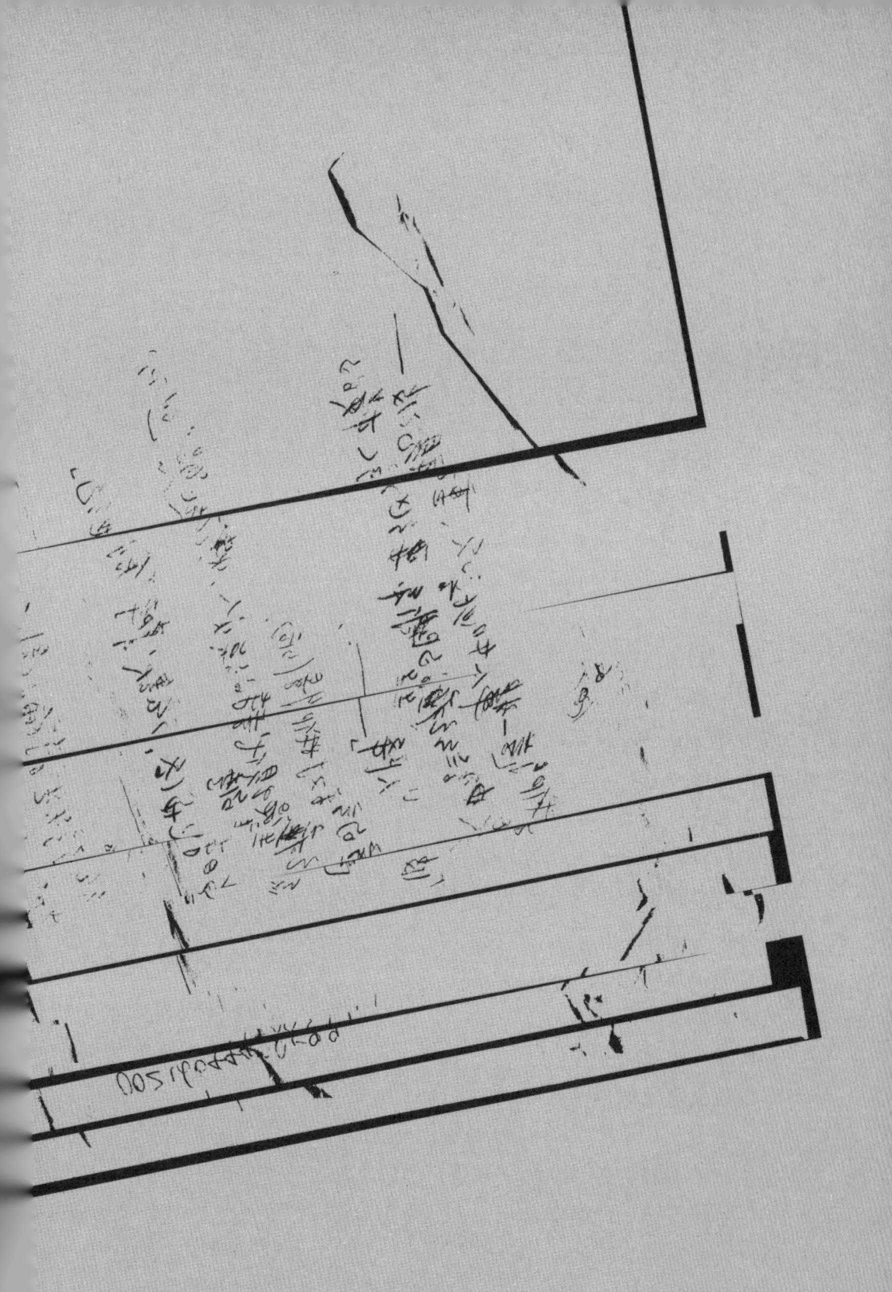

輯參　規範性的翻譯方法，與誤譯

月岩——

「您知道，我是個上下裡外都顛倒的人，當我在螢幕上背對著您，您看到的是如一張臉般表情豐富的東西。但我主要是背面。」*

—— Charlie Chaplin

一面，群石匯聚
遲緩的風化與駝隊位移等速平行
微流星體馳突
太陽風粒子迫擊
革命曠日廢時——一個此下成因
須經歷無數次旋繞，才會尋獲其暫時的終端
隕石坑上的輻射紋
無語氣，無劇情
舖陳敵眾我寡的孤寂
永晝峰，永夜坑
鈦礦灰在遠星的搖籃裡入眠

我曾幻想寧靜，於是夢見了寧靜
——寧靜盆地，凹陷源自更宏大的史觀
源自一個瞬間
兩種意識的相對主觀性
鐵與鎳的合金
持續造雨，以異常的天候
重申對於深度的卑微詮釋力

——致Z。

它們揚起晶質顆粒，揚起高溫與恆愛
揚起數種尚未揭發的痕量元素
隨後復歸於寧靜

一面，在我的背後
無曆制，無神話
語言與電脈衝訊號屢遭屏蔽
遠古菌種艱辛地續存
在微渺尺度下
維繫著對話的棲境
日常的蒼白敘事中，深刻的匱缺與困頓
來自固定的通勤曲率
造就種種情緒之熵
出版業蕭條、運輸動力短缺
鋁箔包回收系統
不斷發生零星的流失

我亦慨然接受
一種或多種引力的遺失
升交點，降交點
又一次，我與更多的可能錯身而過
如返祖的能動使蛾的後翅
退化為平衡槌
如鑄造削鐵的劍
緩緩冷卻，慢慢平扁
在光的見證下，我的思緒
粗糙，破碎，細節挫敗
面臨無法轉圜的碎形

我是一份不斷輪迴的色碼表
一套親緣系譜的未定論
一次遠古碰撞的有力證詞
我是一座沉湎宿昔的界碑
更多時候，我不過是鋯石的一場夢
我明白——重複，是親密最迂迴的修辭
唯慣性的遶徑能反覆沖洗歲月風景
唯月岩的陰影
不時投映在一條行星的軌道上

*"You see. I am a being made inside out and upside down. When I turn my back on you in the screen you are looking at something as expressive as a face. I am back foremost."《紐約時報書評雜誌》（*the New York Times Book Review and Magazine*），班傑明·戴加賽雷斯（Benjamin de Casseres, 1873-1945）訪談〈查理·卓別林哈姆雷特式的本質〉，一九二〇年十二月十二日。

fado marinheiro ———

——為運補艦 201 的汪韋良與一次性訣別而寫。

僅止於我與你之間
我們的海是茂密的雨雲
瀕臨極限後，傾盆下在
想像的恣游海草間

我們確實一起經歷
顛簸的航程
且在海面上
形而下地哭泣在海面下
形而上地耗盡全力
晾乾自己

他誦——

我望見，下廚的背影
我聽見，幽靈指腹側擊人群的思緒
在歐陸震動，催促播徙的日子
以疣足，形成對話的環節。
它們反覆誦吟：
薩囀羯摩素者寐質多室哩藥矩嚕哞呵呵呵呵[1]

「如追蹤一隻飛蛾。[2]」 是否，
你已尋獲黑麥啤酒、咖哩香腸、
波爾特沃的自死與唯物辯證之間的關聯？
猶豫，入射波隸屬淺夢
粗暴，反射波隸屬現實
我聽見，遠雷在你的喉部掙扎
我望見，殘影彼此跨越、踐踏
在一條弦上
反覆行進，於「陰影的灰階中
辨識一件樂器[3]」

——致旅居慕尼黑的 Z。

「koilos」，空腔的迴聲
遁入逐日通勤的車道、家門玄關
成為一道短而銳利的警語，
要你戒慎，要我們小心。
像拾起兩枚櫟子
擱置在掌紋編就的
網之間

有時，我們畏懼墜落
有時，我們畏懼不得墜落

你將遇見年份難以檢測的皺紋、
恍惚陰霾的晨間，郵箱裡一張紙面受損的明信片
你初識一位著迷於阿育吠陀的女士、
一把沉默的登山杖，一條經年放牧的山稜線
不經意攀越你的眼簾

你體認到巴赫、手寫字
Milele 咖啡機、散步與無夢睡眠的家族相似
你的生活乃是一自動化頻繁使用的序列
你的思緒容許一巨集之無數次變更
更多尚未覺醒
感情用事的指令
像九月的暮色予你以暗示
擱置你的語法
讓不意的詞彙發動零星巷戰

像一隻飛蛾
航速溫柔的歷史天使
翩然巡越發暈的廢墟
一次腮腺的耗費，一次例外
夏光溘逝。光裡，你聽見：
蘇布使庾寐婆縛
蘇布使庾寐婆縛[4]

142 杜斯妥也夫柯基

143 規範性的翻譯方法，與誤譯

[1] 梵語，請讓我心於一切業中榮耀。

[2] 引自鄭佑昇〈自誦〉。

[3] 引自鄭佑昇〈自誦〉。

[4] 梵語，請為我而興盛。

太陽——

陽光的長篇敘事
攸關連續犯罪，漫漫連載
結束於許多嶄新的衰萎
此後，續存是地下莖與隱匿的質數
此後任何時辰
都能被喚作「一生」

越是短促，越深入話語的底部，越發現
某些字彙無法真正尋獲對應的相反詞
如「頸項」，「錶帶」或「一九四八年入冬
最深的泥濘最徬徨的向晚」

更多時候，種種生存之細節肥大
你以冷淡的杯盤，四月濕地毯與冗迫的心房
纏裹自己，吊上隨便哪裡的一棵楓樹
用意念，反覆持長槍把軀幹刺傷

——給 E，溫哥華的微笑，與永遠的大陸永遠的曙光。

老埃達與新埃達在同一條血脈上
一個孤兒祕密產下另一個孤兒
今日陽光與明日之陽光
容或有版本學上爭議
大陸與海千篇一律，在沙特式的愛撫下
頻頻重拾又頻頻遺落

對方。此後也許一直到九月終了
你才下定了決心，擁抱白晝
哪兒都能找上許多事來消磨
譬如刻意偏離捷徑
迂迴進食，扯淡，去冒險，去挺進
去涉足一些野生的語言條目
疏遠拘謹的搖床

這樣，那樣，讓過曝的歲月泡水催芽
像一枚蓼科種籽
以溫煦的色澤
謄錄陽光
尋獲更圓滿的匯率
以狹楔形容貌
兌現孢子的故鄉

鳥——

不那麼理想之國度
不去觀望長頸鹿的觀望亦總是
我想念的

不去開我的冰箱
尋火把

不在理想國裡，人們或讀寫
或筆戰
讓詞彙緊挨彼此取暖
相互削弱重量

猜你會說，那也不過是第二義的而不管
誰的孤獨則一概是
第一義的

——給我欽慕的逃亡者。

人們的行徑，夜裡砌牆
產下美的不美的字句
也迴旋也停棲，也乘可乘之風也迷津
也有那最後患上不孕症之人
慨然棄下了一切航道

你一定奇怪，讓現實更扁平這視界
始終以目光凝視，埋葬字骸
一格一格掘土
一行一行往高處堆放
類似懸棺

天葬。群鷹覓食
尤不喜示威；向著虛無
且總以滾燙心血淌過的指尖
思考

元廢墟——

——給海子與他的火車。

鞦韆啊鞦韆你是二十年
雨與鐵
不盪是懸樑的樹
盪是時間

黴麵包，水喉，枯草梗
與永遠睏睡的蛹
醒是擱淺
夢裡仰首一見
繁華世界

你們愛沙
勝過愛水

愛逝去的一切
棉絮被子，澡堂磁磚，昏黃的樓梯間
愛永不逝去的一切

曙光與雪
星子與月

二〇一四手帳——

時間
在一枚硬幣的
兩面之外

短衣的收納櫃底
二月才要彰顯
一季之短缺

每月三十一
都是一把鎖
謹守備予訪客的廂房

一直要到三月
第二週
妳才尋回走失的鑰匙

——給編輯 C。

女神在田野產下五月
不可辨識的波紋
復刻四月遺散的風

九月是活版
擺妥八月的鉛字
效法一種淺薄的平行

那樣是最好的
若妳還觸及了
羽化的枝梢

此去經年
睡眠為清醒的發源地
立了角錐

沿一切平面
各劃一條
對角線

寒冷是
天然礦物
十二月是雀躍的磁石

三十一日前
妳敲響那待鎖的門
門內有情必應

後記｜

尼安德塔之謎。

最早的尼安德塔人佇立於地平面上，隨後開始拓荒，在歐洲與西亞慢慢繁衍種系。他們額頭平扁，眉弓到髮際線的距離很短。

那像獨自身處一個無法迴避的交換領域。面對鏡子，辨認自己，待一切安置妥當，再置入一只匣子，綁上緞帶，最後成為一份禮物。禮物交換派對上，你必須努力辨識所有外人，他們也努力嘗試，去辨認你，給你一個內容，填補你的輪廓。它也是一份贈禮，用來與你備妥的禮物進行互換。交換場合會發生大量熱對流，交換不對等，甚至可能沒有回報，幾乎每一次交換都有危險，都可能瀕臨認識的僵局，自我之熵。

那是失落的環節，低等物種演化至高等的過程中，沒有任何介於兩者間的亞種被發現。無論從哪個角度看，人類的進化都太快，太跳突。從尼安德塔人躍進式地演進，成為身體結構與現代人極相似的克羅馬儂人，其間找不到逐步演變的中間證據，它徹底脫出演化體系的既定軌道，跨越時差，成為巨大的迷失。

我們都見證了交換關係裡的跳躍性翻譯，那些譯本各自獨立，各自表達不同內容，如同獨立的星系，各自扭轉旋臂，彼此卻又相互連結，發生引力作用，彼此形成互為依存的親屬關係。解釋的落差也存乎不同個體之間，不同個體分別使用各自的絕對語言，那種時候，自我是天堂，沙特則表示，他者即地獄。有時候，要目測並指認對方，或許需要讓光走上數十、數百光年。有距離的翻譯，在翻譯對象面前鋪設拒馬，不斷折衝，將其間的指謂鏈鎖去自然化。它帶有某種純粹能指的感官衝擊，使象徵霸權暫時癱瘓，像凍土封藏一枚遠古的骨針，一只碎裂的指節。譯本浮出意義水面的瞬間，是拆解禮物的瞬間，話語和文字痙攣的瞬間。

有時候，我們將自己理解為一份「禮物」，卻被收受者翻譯為「匣子、包裝紙、緞帶與其內裡的空洞」。有時候，我們在別人面前不能僅僅滿足於自我解釋，我們總想「過度解釋」。

迄今三萬九千年前，地球上仍有尼安德塔人留存的跡證。尼安德塔人何時滅絕？為什麼滅絕？越來越多證據顯示，伊比利半島南部是尼安德塔人在歐洲的最後據點。約莫四萬兩千年前，現代智人進入伊比利半島北部。不知何故，他們沒有繼續南下，尼安德塔人繼續在半島南部生活。當時的尼安德塔人為何能夠生存下來？他們與現代智人是否有過任何接觸？

如果有人誤解你，或許那些誤解只是他需要的解釋，不必然是給予你的。禮物不必然被拆封，緞帶不必然要鬆解。有時候，我們解釋自己，只是為了劃定自我的邊界，為了擁有屬於自己的，擁有不屬於自己的。有時候，我們其實不能也不該解釋自己，為了遂行交換關係，為了能將自己納入他者的邊界內，為了讓他者擁有自己的邊界。

有時候，誤解是被容許的。

走過失落的環節，人類站得更挺直，更嫻熟於用火，並開始畜牧，耕種，結繩，繼而記述，寫字。人類是尼安德塔人與智人混血繁衍的後代。

Homeward Publishing **HR 022** 

杜斯妥也夫柯基：人類與動物情感表達
Dostoevcorgi: Expression of the Emotions in Man and Animals

南方家園出版 Homeward Publishing
書系 再現 Reappearance
書號 HR022

作者 蔡琳森
編輯 崔舜華 & 黃少璋
視覺設計 朱疋 eveycheng@gmail.com
行銷統籌 鄭又瑜
發行人 劉子華
出版者 南方家園文化事業有限公司

南方家園文化事業有限公司 NANFAN CHIAYUAN CO. LTD
地址 台北市松山區八德路三段 12 巷 66 弄 22 號
電話 02 25705215-6
24 小時傳真服務 02 25705217
劃撥帳號 50009398 戶名 南方家園文化事業有限公司
讀者服務信箱 nanfan.chiayuan@gmail.com

總經銷 聯合發行股份有限公司
電話 02 29178022 傳真 02 29156275

印刷 約書亞創藝有限公司 joshua19750610@gmail.com
二版 2016 年 1 月
定價 250 元
ISBN 978-986-91423-3-5

杜斯妥也夫柯基：人類與動物情感表達
Dostoevcorgi: Expression of the Emotions in Man and Animals

國家圖書館出版品預行編目 (CIP) 資料

杜斯妥也夫柯基：人類與動物情感表達 / 蔡琳森作 .
-- 初版 . -- 臺北市：南方家園文化 , 2015.06
面； 公分 . -- (再現 ; HR022)
ISBN 978-986-91423-3-5(平裝)
851.486 104007950